世界

悄悄爱你

Whispered Love from the World

杜东彦 著

中国出版集团　现代出版社

图书在版编目（CIP）数据

世界悄悄爱你 / 杜东彦著. —北京：现代出版社，2018.1
ISBN 978-7-5143-6409-5

Ⅰ. ①世… Ⅱ. ①杜… Ⅲ. ①诗集—中国—当代
Ⅳ. ①I227

中国版本图书馆CIP数据核字（2017）第304014号

世界悄悄爱你

作　　者：杜东彦
组稿编辑：庞俭克
责任编辑：申　晶
出版发行：现代出版社
地　　址：北京市安定门外安华里504号
邮政编码：100011
电　　话：010-64267325　010-64245264（兼传真）
网　　址：www.1980xd.com
电子邮箱：xiandai@vip.sina.com
印　　刷：北京瑞禾彩色印刷有限公司

字　　数：108千字
开　　本：787mm×1092mm　1/32
印　　张：7
版　　次：2018年1月第1版
印　　次：2018年1月第1次印刷
书　　号：ISBN 978-7-5143-6409-5
定　　价：48.00元

目　录

爱是人间一首不老的歌 / 001

第一部分　梦境 / 001

　梦　境 / 003

　今夜慢 / 004

　日　子 / 006

　岁月的痕迹 / 008

　舞　者 / 011

　两把椅子 / 013

　钥　匙 / 015

　风起时 / 016

　喜　雨 / 017

　难舍孤独 / 018

　花　儿 / 020

　融 / 022

　石　榴 / 024

打捞一把旧时光 / 026

一点点 / 028

让我们相爱 / 030

盛　夏 / 031

春心有点儿熬不住 / 032

心　动 / 033

秋 / 034

终于等到你·雪 / 035

谜一样的人生 / 037

想象和你 / 039

我梦见我的诗歌 / 040

不老歌 / 042

你是我心上的人 / 044

第二部分　你在，春天在 / 045

你在，春天在 / 047

把想你膨胀成一首诗 / 050

母亲的腊八粥 / 052

宝　贝 / 054

春　雨 / 058

家 / 060

晚　安 / 061

让我的目光伴你走天涯 / 062

深　爱 / 063

遇见喜悦 / 065

长 / 067

一想起你 / 069

爱你——之洱海 / 070

美好的分离 / 072

新　年 / 073

糖瓜儿粘 / 074

带着月光回家 / 076

想你时花开万朵 / 078

如果我有一千条河流 / 079

在你的梦里行走 / 080

草绿色的心情 / 082

第三部分　你看我一眼我便妖娆了 / 087

你看我一眼我便妖娆了 / 089

难　题 / 091

我愿意遇见你 / 092

把岁月走出皱纹 / 096

遥　望 / 098

纽约之夜 / 100

在你的爱里 / 102

风花雪月 / 104

雨中行 / 106

你在我心里打了一个结 / 107

治　愈 / 109

不见不散 / 110

五月的檀香山 / 112

诉衷肠 / 114

一想到你呀 / 116

雪 / 117

好好爱 / 118

今夜，让我沉沦一次 / 120

秋的交响曲 / 122

不说再见 / 124

第四部分　世界悄悄爱你 / 127

世界悄悄爱你 / 129

涟　漪 / 132

立　春 / 133

与你同行 / 134

流浪着，心灵写给心灵 / 136

芦苇花 / 138

立　秋 / 139

十　月 / 140

伤　秋 / 141

旅　行 / 142

面　对 / 145

京　霾 / 146

晨　曦 / 148

心里干净得就剩你 / 149

大　雪 / 152

虚　度 / 154

原　乡 / 156

生命的河流深处 / 157

爱 / 158

冬之韵 / 160

灵魂相约一瞬抵达 / 161

爱你一生爱不够 / 163

秋天在你手里 / 165

附　录 / 167

解析杜杜诗歌 / 169

读杜杜诗集我心已动 / 179

诗意生活的美好开始 / 187

后　记 / 195

爱是人间一首不老的歌

孙晓娅

哈罗德·布鲁姆曾指出诗的力量在于"它把思想和记忆十分紧密地联系在一起，以至于我们无法把这两种过程分开"，这正应和了里尔克对"诗是经验"的阐释："为了一首诗我们必须观看许多城市，观看人和物，我们必须认识动物，我们必须去感觉鸟怎样飞翔，知道小小的花朵在早晨开放时的姿态。我们必须能够回想"，"我们有回忆，也还不够。如果回忆很多，我们必须能够忘记，我们要有大的忍耐力等着它们再来。因为只是回忆还不算数。等到它们成为我们身内的血、我们的目光和姿态，无名地和我们自己再也不能区分，那才得以实现，在一个很稀有的时刻有一行诗的第一个字在它们的中心形成，脱颖而出"。杜杜的诗正是以这样的感悟方式从我的阅读视域中"脱颖而出"，这本诗集收入了其近一年来的诗歌创作，它们浸润着诗人对于旧时光的记忆，这些记忆里有对亲人的深切思念，有对某一天某一时刻情感的瞬间流露，还有对于自然和生命的思索。诗人以温柔的目光巡视四季的自然变化，她把生活中每一点细小的感动都化作深情的词语写进诗歌里，浓郁而芬芳："感恩我们每一个今天 / 当爱开始前进 / 我们的日子又浓了一点点 / 忠贞也深了一点点 // 一点点 / 认真地 / 把今天过成昨天 / 一点点 / 平静地 / 在爱里静候明天。"（《一点点》）当诗人怀着这慈善而感念的心去观察生活、捕捉瞬息间的诗意时，每一微小的变化在诗人眼里都缤纷绽放、妙不可言。从门前那棵"火红的石榴花"到夜幕里"皎洁的月光"，这些源自大自然的生命镜像给予诗人以无限哲思和感怀。

杜杜的诗歌演出场景虽然较多生活日常的热闹纷杂，但其内在的诗歌精神还是向内转的自我抒情，她用自己的精神谱系去整理诗歌意象乃至处理意境，在诗思延展，远取譬喻之间表达自己对日常生活细节的体悟，并于日常之闹遁入精神审美之静中，为心灵辟出一块圣洁的领地。统观杜杜诗歌的意象选择，梦、云、月、山水……清冷高静的意象鳞次栉比，构成了足以标识诗人独特性的内觉体验。"莲"、雪莲作为鲜明的意象多次出现，仿若诗人对自身的一个譬喻，雅洁高贵，不流俗为。"池里的莲蓬粒粒饱满／而我依旧在看台的中间／赏花开花落"(《不老歌》)，整部诗集的情感在舒缓的抒情中充溢并碰撞着冷暖并置的参差之美，一方面，置身于尘世之中，诗人自喻为"冰山上盛开的雪莲"，与此同时，她却用女性独有的深情和善感呼唤着人间繁种的爱：当她用饱含深情的笔调写下那首《你在，春天在》时，这一首写给母亲的诗歌无不令人为之动容："明明受伤的是我／你的心却在疼痛／明明我在风雨旅途／你却夜夜失眠"，"多少年了／我还没有／将石头打磨成星星／只有你还为我自豪／多少年了／我还为一个梦想坚持／只有你不曾埋怨"，短小的诗行，但每一个细节都流露出诗人对母亲真切的感恩之情。从这些细致的描摹中我们仿佛看到年迈的母亲正在烛光中用一针一线为自己的儿女缝补着御寒的棉衣，每一针里都是母亲对远行儿女的挂念以及自己的那些已远逝的青春年华。杜杜的诗情还有灼热融化冰雪的成分，充满了勇气和渴望："如果恰好在春天／爱上你／我就与破土的小草一起／与冲破干枯的玉兰一起／与嫩嫩的春桃一起／爱上你。"(《我愿意遇见你》)"如果我有一千条河流／我就把所有的波光粼粼／弯弯曲曲萦绕你的一生。"(《如果我有一千条河流》)这种炽烈的、化

爱是人间一首不老的歌

不开的浓郁情思是诗人对真爱的呼唤，对生命价值的追求。

杜杜是每一天、每一件事都祈望"用诗歌悉心包裹起花朵"（《陪你到底》）的诗人，在她的诗歌中我们看不到那种来自女性诗歌关于"黑夜意识"的书写，所有关于女性的伤感、压抑的情绪都被消减了，她从容优雅地为喧嚣的尘世生活铺洒爱的光芒，用朴实的笔调呈现日常生活的涟漪，探触灵魂中幽微美善的内核。虽然杜杜的诗歌中也含有大量表达个人情感与欲望的诗篇，如《在你的爱里》《你在我心里打了一个结》等，但这些诗歌明显将女性个体经验写作转化为一种更直接的抒情表达，与此同时她对生活施以宽容、坦然的心态，面对往事与岁月的流逝，诗人有如经历了千帆过境之后的平和与从容，那是怎样的一种心境呢？**"静静开着／在九月的蓝天下／开了一百年／还是寂寞了一百年。"**（《花儿》）她在《不管怎样》一诗中引用法国著名作家杜拉斯的一句话："爱不是奢侈品，是终其一生的必需品。"诗人将爱看作生活中不可或缺的元素，她用"爱"来抵抗生命中的伪装与虚无。人与人之间不再是充满"敌视"的群体，他们在"深情的对望"中学会彼此原谅并包容生命中的不完美，于是，

"爱""温情""赞美"构成其诗歌的核心元素，恰如她的小宇宙中凝聚的环宇之光，大的融合，敞开的格局——"天之光／照进心之底／人间不再是后面阴／前面阳"。

别林斯基曾就诗歌如何潜入诗意的生命之中说过如下一段话："人们能在诗中的忧郁中认识自己的忧郁；在他的灵魂中认识自己的灵魂，并且在那里不仅看到诗人，还看到'人'。"在《我梦见我的诗歌》中杜杜穿越于不同的意象，书写了自己对诗歌的理解："生活的车轮／滑过命运的东西南北／有些东西飘远了／有些事情忘记了／有些苦乐融入血液里／有些精神如太阳每天升起／／生命就是一部圣经／一滴露水／一棵野草／一只飞鸟／一头巨象／都是真实的存在／因为爱，我们遇见蓝天／因为爱，生命绵延"。在诗人眼中一首诗的胚芽源于"爱"，源于对生命的感恩，源于对诗性的敏悟。爱联姻着万物，芸芸众生，生命的纷繁使她始终以"爱的哲学"处理生活中的琐事。因于超越自我的大爱情怀，那些看似不可调和的矛盾在杜杜的笔下都变得平和、单纯起来。

杜杜善于把个体心灵感受与外部环境紧密结合，可以说每一首诗都是对于心灵的探寻。在将心灵的潜意识与客观物象相互融合的过程中，一定程度上转化了她对事物本体的关注而侧重于对情感经验的直接表达。一方面诗人注意到这些来自自然生活的意象如花朵、天空、河流是对抒情主体的隐喻，诗歌的抒情对象总是依托于这些单纯的意象而存在的。"夜幕降临／一轮大大的月亮／挂在天上／我看见温馨／看见皎洁／看见每一天都更好的你／于是我带着月光／回家"。诗人由天上的月亮联想到温馨、皎洁等字眼，而在温馨皎洁的背后诗人更渴望看到每一天都更好的"你"。于是，这些极为不同的事物也因抒情主人公而显得别具诗意。另一方面，诗人常于季节、时间的转换中思索生命的哲理内核。《今夜慢》中诗人将一生的经历浓缩为一夜。在黑夜中思考了"一生"与"一夜"的相对关系："从前那么快／仿佛／一下子就打开了一卷人生／幼儿园，小学生／中学生，大学生／结婚，生子／青丝到白发／已经从桥的这边／倏忽过了水中间／春天、夏天／秋天、冬天／藏在一个口袋里／你追我赶"。她将今天与往日对比，在感叹往日的生活如流水的同时又将这"浓缩"的一生在我们面前如慢镜头般——向我们展示："今夜这么慢／我在等／漂洋过海的人／道一声平安／智慧的灯火／遮蔽不掉愚钝的失眠／从前溢满今夜／兀自燃烧／烧成了金不换"。

此外，时代的变迁让诗人注意到人们之间的沟通出现隔阂，她关注现实中存在的种种问题如《京霾》《闲逛》《六一》等。也正因如此，她的诗歌中常呼唤一种如孩童般淳朴的心灵："**一幢漂亮的房子 / 前面有水后面有山 // 一辆优雅的跑车 / 窈窕身线目光深远 // 一处风景 / 有花有草有蓝天 // 一群走来走去的人 / 衣着华丽风度翩翩 // 那个孩子说 / 钥匙不见了**"。诗人以孩子的视角去观察现实生活中的种种现象，"优雅的跑车""漂亮的房子""衣着华丽的人群"都是物质生活中的真实反映，而孩子说"钥匙不见了"，这既是一把打开物质世界大门的钥匙，同时又是通往过去简单朴素生活的钥匙，诗人在此寻找着"钥匙"也在告诉人们要去寻找丢失的"本心"。

杜杜的诗歌富有传统女性诗歌的抒情美，阅读时常被其中深情的诗句所打动。她敏感、细腻，专于内心情感的抒发。作为诗人她以"爱"为笔，无论是亲情、爱情，还是对世间万物的感恩之情，都赋予了最真切的情感，在《流浪着，心灵写给心灵》中诗人这样写道："没有无缘无故的相逢，没有缺少准备的心动。如草木拥抱春天，如江河向海洋汹涌，有一种感觉出于本性。"诗人将自己视为心灵的流浪者，她从心灵出发关照旅途中的一草一木，这种出于本性的感觉流露正是杜杜诗歌的诗性所在，我们也由此感受到了内心世界与现实世界的无瑕之合。

这是一部温暖的诗集，它是杜杜爱的歌音，如清泉，如香茗，袅袅娜娜的人与歌，给予这世间美善流转之音。是为序。

2017 年 4 月 6 日，北京

扫二维码收听本篇

第一部分　梦境

插图作者简介：

潘然，油画家，毕业于广州美术学院油画系，曾先后旅居英国、西班牙、法国、日本等多国进行艺术创作。

梦　境

一枝夏荷
端坐成一百尊佛
隔着雨雾
隔着冰冷
隔着一片静静的水塘

一滴眼泪
碎成一百个太阳
隔着黑夜
隔着孤独
隔着一个纷繁的世界

2017.2.7

扫二维码收听本篇

今夜慢

从前那么快
仿佛
一下子就打开了一卷人生
幼儿园，小学生
中学生，大学生
结婚，生子
青丝到白发
已经从桥的这边
倏忽过了水中间
春天、夏天
秋天、冬天
藏在一个口袋里
你追我赶

今夜这么慢
我在等
漂洋过海的人

道一声平安

智慧的灯火

遮蔽不掉愚钝的失眠

从前溢满今夜

兀自燃烧

烧成了金不换

2017.1.16

扫二维码收听本篇

日 子

我的灵魂
与你相守
你的灵魂
向着天籁

你是宇宙之子
我与你相爱
偶尔锅碰了勺
拌几句嘴转眼又在一起
昨天你背负我的烦恼
越过城市
来到古老的村落
那里嵩溪流动
长寿的母亲用快乐
催开满山灿烂的花朵
古屋檐头
飞鸟镶嵌在蓝天

山风吹过满地祥和

我与你相爱
无形过成有形
山川、溪流、炊烟
我与你相爱
无声过成有声
歌舞、琴曲、京韵

我与你相爱
醒着睡着过着
过着过着
过成了年
过着过着
过成了情人节
过成了春天

扫二维码收听本篇

2017.2.18

岁月的痕迹
——祝贺朱玉华荣登北京劳模墙

在朱家老平房
在热闹的菜市场
在轰鸣作响的工地
在吱嘎吱嘎的三轮车上
在北京务工人员的大讲堂
在爱心妈妈的义工队伍中
在国庆阅兵仪式的天安门城楼
在北京的劳模墙
一个名字——朱玉华
被人叫响

你让每个懂得感恩的人
心里感受腊月的暖

你积累着汗水
汇聚成涓涓溪流
滋润着自己

也滋润着他人

你积累着脚印
走过了沟沟坎坎
坚定着信念
微笑着生活

你积累着情义
生命里小小的细节
变成春天的原野

日子前进
不知不觉
我们一起把黑发攒成了白发
一个真字
让你我成为姐妹

全国劳模

这就是你岁月的痕迹

有着厚重的内涵

墙上的劳模辉煌着过去

生活中的玉华高奏凯歌

2016.12.28 北京全国劳模墙落成

扫二维码收听本篇

舞　者

——致书法家刘伟先生

什么时候开始

喜欢认真地端详你——中国书法

因为你

笔尖的舞者

时而如风

风里有四季的花香

时而如云

云里有亘古的表情

时而如鹰

擦亮天空的眼睛

时而如佛

莲花朵朵心念恭敬

什么时候开始

喜欢认真地端详你——中国书法

因为你

笔尖的舞者

轻重缓急
拿起放下
字里春秋
来去自由

2016.5.23 于盐湖城

扫二维码收听本篇

两把椅子

我有两把椅子
在视线最好的南窗边
用最舒适的藤条
配最柔软的椅垫
四季在窗前变换
变幻
最美的还是天上神物
我把雪花收纳在诗歌的锦囊里
锦囊再古板
雪花也足够浪漫
我将风雨收纳在散文的锦囊里
锦囊再小风雨安然

我有两把椅子
在郊外的花园里
椅子舒适的样子
极其招人喜欢

他们与多姿又多彩的花儿
在一起，彼此观看
在这里我们的耳朵灵敏
酒杯轻碰的脆响可以绕梁
眼神可以翻越万水千山

我有两把椅子
在心灵的大海边
静观

2016.12.18

扫二维码收听本篇

钥　匙

一幢漂亮的房子
前面有水后面有山

一辆优雅的跑车
窈窕身线目光深远

一处风景
有花有草有蓝天

一群走来走去的人
衣着华丽风度翩翩

那个孩子说
钥匙不见了

扫二维码收听本篇

2017.1.12

风起时

风起时
灵魂也跟着飘远
天上那轮明月
只剩下包公额头悬挂的弯刀
新春抽芽的夜晚
总是听到疼痛的声音
我裹紧衣领
加快了回家的脚步

风起时
没有理由
就像春去
就像春回
但有风吹过的夜晚
等待升起的黎明
一定清澈

扫二维码收听本篇

喜　雨

也许
是天意
我站立在你的窗前
恰好被你发现
密密的
细细的

那些嫩嫩的芽
眼睛更亮了
待放的花苞
啪嗒啪嗒的
这是一场喜雨
打开了春天的锁

2016.4.12

难舍孤独

（1）

舍不得

打开鹅黄的帘栊

怕孤独从嘈杂的窗口溜走

连同我想了一个世纪的爱情

下了决心

按动电钮

又一个世界徐徐跑了进来

和我的孤独遇见

青山绿水有了懂它的伴

孤独开始在千姿百态中舒展

（2）

谁都不知道我的行踪

假如此刻我想的不是你

太阳失落了光芒

月光穿透了胸膛

我要去远方

你说的布达拉

冰雪冻结的血珀

是孤独的泪珠

抛开结局盛开火红

扫二维码收听本篇

花　儿

静静开着
在九月的蓝天下
开了一百年
还是寂寞了一百年
开开谢谢
都保持着不老的笑脸
每一次邂逅
难道是千年的安排
在山林里
你寂寞地等我经过
站在高高的树下
挤在密密的杂草丛中
走进自然
我留意到你
你眨着眼睛满怀笑意

好像昨夜满天的星星

我俯下身子与你商议

是否愿意住进我的家里

扫二维码收听本篇

融

隔着一条河的距离
你在我的视线里
画出短的波澜
高的峻峭

精灵谷的河水里
鱼儿自由自在
长着青苔的石阶上
有一只玫瑰金色的毛毛虫
涌动着飞翔的激情
从岩石上探出头的野梨花
开出几树清雅
一块巨石
搭在另一块巨石的肩上
留下千年的遐想

峭壁之上

一张疗伤的床

巨大的窗口

张望暮春的四月

此时可以听见心跳

不论是你的还是我的

无限庞大的你

扎根在我的心里

2016.4.25 北京诗社精灵谷采风

扫二维码收听本篇

石　榴

门前的那棵石榴树
拼尽了全力
努力地
看不出痕迹
春天花儿一朵一朵
藏在细叶下
整棵石榴树发出光亮
不知是哪一天
那火红的花燃尽了
路过的人浑然不觉
而石榴已在酝酿
另一场火焰

在白天在夜晚
在雨天在艳阳
在细叶间
路过的人

偶尔看看

偶尔拨开枝叶端详

一片片落叶吹凉了秋风

石榴树上有一盏盏的红灯笼

路过的人走了又回

带走了那一盏盏的红灯笼

石榴树依然那样平静

2016.9.7 晨

扫二维码收听本篇

打捞一把旧时光

端午节粽子节
喜欢这样带着味道
带着一种忧伤的节日
我们停下脚步歇息
给生命一些留白
在汨罗江
打捞一把旧时光
着汉服负绳及踝虚怀抱方
唱《九歌》咏《楚辞》
话《离骚》读《九章》
所有的诗人借着一颗朗朗诗魂
成为中华大地端午的主角
一些情绪被唤醒
"与天地兮同寿
与日月兮齐光"
"民生各有所乐兮
余独好修以为常"

在汨罗江

打捞一把旧时光

天上人间

菖蒲艾草雄黄酒

粽子鸡蛋五彩绳

为生命祈福平安

为灵魂成就道场

这不是诗人的浪漫

是中华儿女的代代相传

夏日田野

借你一方圣土

我用小小的仪式

呈上深深怀念的诗行

一场大雨后的夜空

我闭上眼睛

打捞起一把旧时光

扫二维码收听本篇

2016.6.11 晨

一点点

喜欢
我们每一个昨天

当梦开始入眠
我们的日子又厚了一点点
情也暖了一点点

感恩
我们每一个今天
当爱开始前进
我们的日子又浓了一点点
忠贞也深了一点点

一点点
认真地
把今天过成昨天

一点点

平静地

在爱里静候明天

2016.4.11

扫二维码收听本篇

让我们相爱

一朵云飘在空中
一朵花开在天涯
如果不爱
云是云
花是花
永无牵挂

如果爱
一朵云变成霞
落在湖水中成为最美的画
一朵花变成仙子
飞向空中带领百花吐露芳华
云不是云
花不是花
梦想发芽

扫二维码收听本篇

盛　夏

如果不是想起春天
我一直以为自己很年轻
低头看看
茂盛的思绪
显得有些肥硕
昨天看到你
我才知道
春天是走向茂盛的
而我是从茂盛走向衰落
这连绵的阴雨是否
太过
太过的深情会加速衰落
而我还是要深情地
把我交付给下一个季节
枯萎是更茂盛的我

第一部分　梦境

扫二维码收听本篇

春心有点儿熬不住

腊月
春心有点儿熬不住
于是
在团圆的餐桌上，驻足
一杯一杯
把冬天灌醉
于是
新桃换旧符

腊月
春心有点儿熬不住
于是
在大大小小的诗会上，留宿
一首一首
把风儿唱暖

扫二维码收听本篇

2017.1.9

心　动

心动了

从字典中
我挑出一个一个方块字
小心翼翼地，把她们放在白纸上
变成
一个美丽的家
一幅美丽的画
一条流向心灵的小河

文字变成诗歌
那是心灵的一次洗礼
就像我，变成一只可爱的小鸟
从一个你无法预知的地方出发
借着诗歌的翅膀
触摸你的星球

扫二维码收听本篇

第一部分　梦境

秋

没有玫瑰的脉脉含情
没有夏虫的窃窃私语
黑夜
把月亮衬托得如此圆润
又是如此的耀眼
满天的星星
能不能早点唤醒日出
好让我的思念
翻越万重山峰

扫二维码收听本篇

终于等到你·雪

念念不忘
必有回响
我知道你一定会来
北大百周年纪念堂
华语诗歌百年
和这个冬天第一场真正的雪
巧然相遇
雪的纯洁挽着
诗的名义
染亮京城的夜晚

终于等到你
染白我的头
我的眼泪纵横
我的青春起舞
纵然万首诗行
如何弹奏你入春的交响

只有大地
生出万顷碧波将你回报
只有大地
涂满色彩将你羽化成仙
终于等到你
以诗的名义

扫二维码收听本篇

谜一样的人生

刚学会站立
就站到椅子上
结果掉下来
摔破了脑门儿
数学考试没及格
最爱的语文课
北方还没读懂
就去了南方
长江上漂流，雪山上打滚儿

其实
从出生开始
就开始找你
我自己也不知道
你也不知道

遇到很多人

发生了很多事儿

任性总在阳光下

一念灭一念生

光阴老了荒唐

爱刷亮了苍茫

花归草原

树归森林

鱼归大海

鸟归蓝天

谜一样的人生

总有最好的答案

2017.1.13 蓝天

扫二维码收听本篇

想象和你

繁忙的都市
把想象和你
一起投进夜的静谧
夜 装下所有的秘密

一片镜湖
不动声色
把想象和你 跃出浪花
原来
我们是自在的鱼

2017.6.6

扫二维码收听本篇

我梦见我的诗歌

生活的车轮
滑过命运的东西南北
有些东西飘远了
有些事情忘记了
有些苦乐融入血液里
有些精神如太阳每天升起

生命就是一部圣经
一滴露水
一棵野草
一只飞鸟
一头巨象
都是真实的存在
因为爱，我们遇见蓝天
因为爱，生命绵延

夜晚星星点点

我梦见我的诗歌

放在生命的圣经上

宣誓……

福音降临人间

2017.2.25

扫二维码收听本篇

不老歌

蝉鸣一阵紧似一阵
荷在夏末隐没
却在画家的笔下复活

池里的莲蓬粒粒饱满
而我依旧在看台的中间
赏花开花落

我喜欢这漂洗后的人生
借着微醺的阳光或月光
枯草尖上就会绽放花儿朵朵

我喜欢仰望历史的云烟
七夕由于一段恋情
不老了容颜

爱是人间一首不老的歌

故事越老
品着越甜

我愿意随喜光阴来舒展
架一座希望的桥
让爱永远相连

2017.8.28

扫二维码收听本篇

你是我心上的人

游遍千山万水
我们到哪里栖居
翻阅四书五经
品读唐诗宋词
我们寻寻觅觅

一滴水
融入～是大海
一粒土
展开～是大地
一颗心
打开～是奇迹

常常
莫名欢喜
原来
你是我心上的人

扫二维码收听本篇

2017.4.6

第二部分　你在，春天在

你在，春天在

——母亲节写给母亲

因为抵御寒冷
你学会飞针走线
长夜寂寞
你用童话照亮
因为荒草等待滋润
你眼里含着一滴泪
便想下出倾盆大雨
黄昏时眺望
你能听到
千里之外的脚步声
黎明时升起炊烟
隔山隔水回过头
看到你无言的惦念
明明受伤的是我
你的心却在疼痛
明明我在风雨旅途
你却夜夜失眠

如果真有纯粹的爱

草尖上的露珠

一定是你提炼的钻石版

多少年了

我还没有

将石头打磨成星星

只有你还为我自豪

多少年了

我还为一个梦想坚持

只有你不曾埋怨

桃花开后

我已决定不用形容词

我只想大声呼喊

喊一声母亲

我还是个长不大的孩子

喊一声母亲

人到中年还会泪流满面

因为有母亲

大地上青草绵延

母亲在

祥和在

母亲在

春天在

扫二维码收听本篇

把想你膨胀成一首诗

怕你爱我
怕有一天，你要经历离开我的心痛
有爱的分离
哪一种都撕心裂肺
我的未来，还有很多你未知的黎明
我也未知
怕你为此历经凶险
若是有一天，你不得不走
不得不松手
那时我的心，会被撕下你手掌那么大一块皮肉
我怕那血淋淋的疼
怕你也疼
怕你是这个世界纷繁的一种
而我甘于落寞，沉迷于安静中放逐自我
我怕这种不同将你埋没
怕你失去妖艳
也怕你火热的妖艳

烧毁黎明

如此温和的黎明，带着蓓蕾的甜香

安静地萌动

也怕你看出我的害怕

突然失落地转身

我有多怕

就有多爱

2017.3.1

扫二维码收听本篇

母亲的腊八粥

幸福在心底发出的芽
时间越久越庞大
天还没有亮
就闻到母亲熬粥的味道了
香气是从门缝挤出来的
还带着温度

为了早上的腊八粥
母亲昨晚就开始准备
把不容易熟的米提前泡上
现在不同颜色
不同形状
不同营养的米
同时熟透了
热腾腾黏糊糊香喷喷
我给腊八粥再配上一首圆舞曲
那就是年的味道了

母亲年年今天都说
腊七腊八冻掉下巴
冷到极致的时候
春天就不远了

2017.1.5 腊八节晨

扫二维码收听本篇

宝　贝

你是我的孩子
我叫你宝贝
你出现在我的生命里
成为我深爱的人

我爱你
不需要理由和解释
这是神的旨意

我爱你
不是因为你帅气
你根植于我的血液里

我爱你
不是因为你可爱
你融化在我的笑容里

我爱你

不是因为寂寞无依
你就在浪漫的春天里

你是我的孩子
我叫你宝贝
你出现在我的生命里
成为我深爱的人

曾经害怕别离
血浓于水的情谊
如何离弃
曾经害怕无言
你是我一生的守护
又如何孤寂
曾经不安戚戚
你是我的四季
本该风生水起

爱

也许远有深意

我们无法自觉感知

比如

万水千山

总能心心相印

比如

繁星点点

总能情意绵绵

爱

不是人类的发明

没有破解的密码

而顺着爱的心意

我们总是遇到最好的自己

你是我的孩子

我叫你宝贝

你出现在我的生命里

成为我深爱的人

2015.6.1 于纽约至北京航班

扫二维码收听本篇

春　雨

昨日的孤独
是为了今天的重逢埋下的伏笔

如同增一分太多
减一分太少
我们的结合
是不多不少
是刚刚好
是你唱我和

今夜
是大自然最幸福的时刻
白发又如何
青春在这个季节再次复活
爱
是我珍藏的一粒种子

春雨中

抽出新芽

露出新叶

扫二维码收听本篇

家

吧嗒一声
我把世界关在门外
窗帘像两幕山水
把黑夜隔开
这里光明肆意，充满我的味道
这是
你的世界
一桌香气迷人的饭
一生读不完的诗书
一张柔软做梦的床

2017.2.19

扫二维码收听本篇

晚 安

晚安
是爱亲吻了爱
是暖温暖了暖
相拥着入眠

多想
最美的季节遇见你
而你说
遇见就是最美……
夜晚我看到繁星点点
一朵花入眼就是美丽
一个人入心就是风景

月光羞红了脸颊
在心湖里阑珊
爱就这么简单

扫二维码收听本篇

第二部分 你在，春天在

让我的目光伴你走天涯

带着我的目光
远行
孤独时靠一靠
你会有昨日的温暖

请带走我的祝福
远行
苦累时嚼一嚼
你会生出无尽的力量前行

扫二维码收听本篇

深 爱

我深爱那一汪清泉
当我蹚过饥渴
我深爱夜晚的星空
当我从白天匆匆而过
云朵钻进了心河
蓝天装进了情歌
守着一份静谧
伴着一厢诗意
慢慢地……过

我深爱那一份纯粹
当我不再为爱背负目的
我深爱着慈悲
当人类的雾霾崛起
坚守是无须契约的阳光
喜悦在平淡中厚重绵长
守着一份清雅

读着一泓晚霞

深情地……说

2016.1.11

扫二维码收听本篇

世界情情爱你

遇见喜悦

夜深了
浓重了内心的繁茂

不知道要写什么
总之又拿起了笔
我的手指
又开始把心底的话
在没有预备动作之前
顺着指尖溜出来

遇见你
我的诗歌里
缺少疼痛
于是缺少了一点煽情
于是泪水因甜蜜而缺少深度

总想写出色彩斑斓

用尽所有的颜色

都无从描绘感恩

总想把那条早已走熟的路

再走一遍

这一走就是一生

总想把那句嚼烂的话

再说一遍

这一说就是一辈子

人生

终在某一时刻

遇见那个最好的自己

终在某一时刻

遇见那个笃定的人

终在某一时刻

遇见喜悦

扫二维码收听本篇

2015.12.10

长

一天很长，
长得一直拥抱阳光，
在时光的长河里感受生长！

一年很长，
长得如胶似漆，
长得地老天荒！

一生很长，
长得没有时间忧郁
只有爱源远流长……
哪怕到了天堂爱还在爱里坚强！

总是感恩着一切，
无论怎样。
相聚还是分离，
坚持还是放手，

相望江湖还是携手白头，
感恩爱让我们永生！

2016.2.13

扫二维码收听本篇

一想起你

仿佛是腊月的寒风刺骨
制造出天空的蔚蓝出奇
云朵轻轻飘动
我忘记了寒冷
一个懂得珍惜的人
心就不会结冰

路，伸向远方
想起远方有你
脚步变得灵动
身体开始觉醒
腊月的汗水比黄金还要贵重
沏一杯热茶
围一炉沉香
诗意的温暖
开始徐徐升腾

扫二维码收听本篇

爱你——之洱海

此时竟无语
呆坐在你面前
就这样完成我们的相逢

彻底的蓝
纯粹的白
在蝴蝶汇的岸边
我借轻柔的风
亲吻你的花朵
借思绪的线
匍匐在你的胸怀
把你的爱别在心田

夜色无眠
寻你
闭月羞花的容颜
寻你

一船星辉的浪漫

海浪在夜色里
狂欢
一本潮湿的书静静躺在沙滩

故事可以发生
也可以从那扇雕花的木门流走
夜色中的沉香
她犹在
等待时光填满

明天
是谁
会把藏在七彩云朵里的故事捡起
心花怒放无须酝酿
只需你到来

扫二维码收听本篇

美好的分离

晚安
是一段美好的分离
我们遵循自然的法则生活

黑暗来临
诗意比夜色更浓
内心的光亮
可以把世界观察

扫二维码收听本篇

新　年

（1）
你望着我
我望着你
你我又是新年

（2）
一个身在冬天
一个身在夏天
两颗心在春天

扫二维码收听本篇

糖瓜儿粘

撒一把感恩的种子
种在甜言蜜语里
撒一把幸福的种子
种在瓜果梨桃里
从立春到小草发芽儿
在北方其实有一段路程要走
可是喜欢播种的人
总是早早地开始
在准备中
在期待中
毕竟从春到春
已分离得太久太久
今天要甜言蜜语
来年收获甜甜蜜蜜
今天要关爱有加
来年收获和和美美
二十三糖瓜儿粘

灶王爷飞天
言好话行好事保平安

2016.2.1

扫二维码收听本篇

带着月光回家

早上出门
太阳的光躲在身后
前方那么明亮

于是我看见你
看见冬天干枯的枝头
枝头上站着两只斗嘴的小鸟
它们仿佛也看见我
害羞地飞向远方
于是我又看见远方
远方的高楼
远方的桥梁
远方的牵挂
远方的海洋
……
鸟儿飞进山里
于是我看见远方的山

静静地
静静地孕育着
新春的喜宴
我看见这一切
整个宇宙都在动用着能量

夜幕降临
一轮大大的月亮
挂在天上
我看见温馨
看见皎洁
看见每一天都更好的你
于是我带着月光
回家

扫二维码收听本篇

2016.1.25 晚

想你时花开万朵

想你时花开万朵
不信你沿着三月的苏堤
一直往前走
六桥横绝天汉上
万花碧波影婀娜
也许还会偶遇你心仪的女子
与月色一起散发淡淡的兰香

想你时花开万朵
不信你抬头仰望星空
你目光所及
银河浩瀚
一万朵花蕾向你致意
你一伸手便可拉住阳光
让一万朵花儿绽放

扫二维码收听本篇

如果我有一千条河流

如果我有一千条河流
我就把所有的波光粼粼
弯弯曲曲萦绕你的一生

我经过你的山峦
把你投映在我心中
用山花烂漫
夯实我们的爱
我经过你的丛林
清风伴我们一起唱和
蓝天上有你种出的云朵
红瓦碧墙琴韵悠远炊烟朗润

如果我有一千条河流
我就用一千条琴弦
连接你我的家园
等待岁月不同的场景
等待风雨弹拨出不同的音韵

扫二维码收听本篇

在你的梦里行走

（1）
东方的月亮正圆
西方的太阳正暖
我悄悄走在
你静谧的梦的原野
捡拾你悄悄为我标注的记号

（2）
夜
在雨中醒着……

我
在你的梦中等着……

这样的夜晚
我捧着一部情书

如果你傻傻一笑

我的泪水

如春桃滴落了相思

扫二维码收听本篇

草绿色的心情

1.
又见小草
又见春风
又见生机

在这暮春的傍晚
我一个人
坐在城区的一隅
心底有潮起潮落
交织着融汇着
成为一种感动
而泥土的气息
伴随着草色涌入眼帘
有新生的情愫
如春天的种子

2.

犹记得去年的小草
曾疯长于我的心中
无边的绿色
蔓延着
浸润着
我的思绪
和着小草的心脏跳动

历经夏雨
雷鸣电闪裹挟起激情
经历秋天
西风霜色
唤起心底的灵性
而漫长的冬季里
我点燃血脉
靠向往和信心取暖

3.

自认为往昔不可追述

而你

却偏偏在我心灵上诱惑

打开眼瞳

吮吸着你的气息

摄入你无际的秀色

我知道一个无法抗拒的故事已开篇

正如天边的绿色

垂落大地

4.

夜色水一样淹来

仰望苍苍天宇

没有一颗星星

这世界真的越来越孤独了吗

我看到你就在眼前

你将满腹心事

委托这春草解说

而我恰恰读懂了

我将一种无法遮拦的情绪

渗入草色

忘我

倾诉

2016.3.9

扫二维码收听本篇

第三部分　你看我一眼我便妖娆了

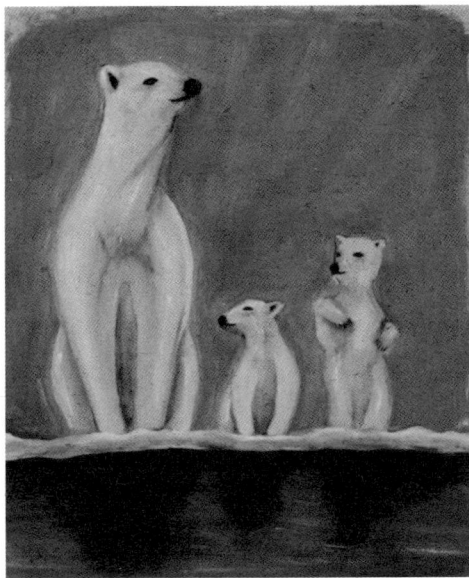

你看我一眼我便妖娆了

必须立刻记录下来
也许
世界将在下一秒变迁

你看我一眼
我便妖娆了
平静的湖水里
深藏着蓝天
我变成金色的鱼
飞翔在云朵间

你看我一眼
我便妖娆了
神奇得像
树枝上绽放玉兰
冰山上盛开雪莲

泥塘里出落白莲

这一切不必下什么决心

只因你看了我一眼

2016.11.8 记者节

扫二维码收听本篇

难　题

我把你的名字
拉长，再拐一个粤语的弯儿
这样我会觉得舒服一些
若还不能释怀
就加快语速
重复一百次一万次
保证字字珠玑
这样
你就从我心里
出现在眼前

2015.2.5

扫二维码收听本篇

我愿意遇见你

如果恰好在春天
爱上你
我就与破土的小草一起
与冲破干枯的玉兰一起
与嫩嫩的春桃一起
爱上你

于是
生活中琐碎的事情都变得有了意义
哪怕你穿什么鞋子
什么颜色的衣服
饭的名称
水的容器……
都有了意义

早上醒来
我潮湿的灵魂

与你收敛的柔和阳光相遇
我从神话中走出
于是
又与你在米香的厨房相遇

爱
把春天娇惯成夏天
依然愿意遇见你
疯狂生长的梦想
以夏花的绽放呈现
爱上你的眼睛
他可以遇见别人无法遇见的我
爱上你的脚
它涉过时间与沟渠
来到那个杨柳依依的木桥

我们知道

顺着宇宙的心愿
顺着自然的链接
找到我们的归宿
我们共同营造
一场叫作秋的盛宴
我们一起采撷醉人的一片
也许更多更多
小心夹进生命的书页
繁华尽收芳香浸染
我愿意此时与你遇见

当大雪赋予世界以洁白
轻松地以各种形式包裹起裸露的精神
此时我是你最亮的星子
我决定趁着月色正浓
心思正饱满
飞向你

雪花芬芳
炉火正旺
小屋的缝隙里
传出歌与光

扫二维码收听本篇

把岁月走出皱纹

让时光定格在
那个晚上
抑或是清晨
生命只有相融在一起
心灵和身体
才能回归到最初

真爱
让我看到更高的山
山上绿影婆娑
仿佛听到生命拔节的声响
山上红叶妖娆
仿佛摸到生命欢愉的歌唱
阳光穿越所有的树影
只为贴着你
甜甜的笑颜

没有什么可以限制想象

限制我们与宇宙的亲密

牵着你的手

我们一起到更高的地方去看风景

一起走遍山川、河流、沙漠、绿洲

一起与大自然留下

最美好的合影

我们

把岁月走出皱纹

我们

把生命走回青春

扫二维码收听本篇

遥　望

趁着夜色未褪
如何把文字装扮得不需要你的安慰
让你无法读懂我的心事
海那边的声音
拨动着这边的心弦
如何安静下来
锁住这白月光
我的灵魂已在失控的月夜出走

我熟悉
那声音
那味道
我贪恋
那眼神
那心跳

今夜

你的心跳

把夜敲打得更加宁静

扫二维码收听本篇

纽约之夜

我们无时无刻不在一起
谈天说地
就像现在
我在你的诗歌里
诗歌是凤凰的羽翼
落在五月的哈得逊河
那粼光让我有点眩晕
你搂住我
我看到自由女神
爱的火炬

我们的爱已过经年
我还是深深地爱着你
恰似这蓝色海洋的眼睛
不曾疲倦
不曾落潮
今夜你带着最好的酒

我带着最美的水晶酒具

干上一杯

今夜可以断片儿

忘了刚才说到哪儿

总之与爱有关

一片海水一片天

繁华不惹游人闲

柔风撩发多情顾

只影不负君笑颜

就像现在

你睡在了我的日光里

扫二维码收听本篇

2016.5.14 纽约

在你的爱里

在你的爱里
我舒展成缕缕浪波
不急不缓
如果有礁石阻隔
我便开成浪花朵朵
万千涟漪
是对你深情的诉说

在你的爱里
我舒展成一座山坡
春夏秋冬
变换的是风景
不变的是承诺
有风吹过
是我们悄悄诉说

在你的爱里

我舒展成一首首诗歌

任由思绪万千

天马行空而过

不是诗人

只为诗意生活

扫二维码收听本篇

风花雪月

心与心相约
地点瞬间抵达

留下手无寸铁
守候雪月风花

饮一杯烈酒
相思是否可以酣睡

泪滴留不住月色
一切变得软弱

怕你掉入选择
有些话还是不说

默默守护你去飞翔

无关于我的又怎说不是

我的一场
风花雪月

扫二维码收听本篇

雨中行

雨刷匆匆推开水滴
让我的思绪更加清晰
谁在制造
京城最浪漫的诗意
诗意的情绪
让我想起远方的你

车轮在前行的风景变换着美丽
我在你的怀抱里
温情细腻

在这小小的世界里
你接住所有风雨
没有什么可以
阻挡我想你
就像这雨
轻轻敲打成诗句

扫二维码收听本篇

你在我心里打了一个结

你在我心里打了一个结
大海一样的颜色
蝴蝶一样的翅膀

太阳升在海面
透出红艳的底蕴
我飞向你
带着我的燕阵
穿梭，像花丛里的蝴蝶

我们的闲暇时光
是最美的地方
阿尔卑斯的泉
珠穆朗玛的雪
……

你在我心里打了一个结

闲暇时光里细品岁月

2017.2.5

扫二维码收听本篇

治　愈

什么能治愈
我的痴念

只有在你的眼睛里
我找到自己
只有在我的眼睛里
你看到自己

天之光
照进心之底
人间不再是后面阴
前面阳

扫二维码收听本篇

2017.2.2

不见不散

轻轻推开秋天的窗
你是前世未了的缘

世界那么大
有幸你离我不远

我们没有邀约
我听得见你的脚步
和着我的韵点
你的诗我常常看见
你的歌我常常听见

去年冬天
随着一首歌曲感叹
时间都去哪儿了
去哪儿了

一粒草籽等到春风后
我找到了时间
时间在爱里劳作着
爱在时间里永生着
哪怕没有月亮的夜晚
恰是心灯最美的光景

如果有幸
恰好我是种子你是春风
我们遇见
在蓝天白云下
或者在月光下
你牵着我的手
一起品尝这最美的月圆

扫二维码收听本篇

2016.9.15 中秋

五月的檀香山

低得不能再低的月亮
把 12 点照得昏黄
晚风略显微凉
有淡淡的清香
夏威夷
檀香山的海浪
语言与全世界一样
撞击着心灵的冥想

熟悉的名字
熟悉的陌生
在沙滩的藤椅上
孤独——
在月光下隐隐地流淌
我轻轻地走近
抚摸到你的忧伤
就像我的爱人

等待阳光
一点点
穿透太平洋

2016.5.25 于夏威夷万豪酒店

扫二维码收听本篇

诉衷肠

（1）
爱着你
一辈子太短
等着你
一秒钟太长
这是我纠结了很久的
一件心事

（2）
爱是多么神圣的字
说轻了如一缕浮云
说重了如一声叹息
我提心吊胆地对待你
唯恐不小心丢失了你
轻了不够表达内心
重了害怕伤了你
于是我小心翼翼

远远地望着你
像早晨的阳光
夜晚的星星

扫二维码收听本篇

一想到你呀

一想到你呀
就什么都不怕
不怕路上有雨
也不怕有风
用岁月流逝换一世深情

一想到你呀
你就不会老
你是每天的风景
爬上枝头的迎春花
擎目光流转绘湛蓝天空

一想到你呀
便心生羽翼
一想到你呀
这一辈子的事儿
话就甜心就软

扫二维码收听本篇

雪

雪在窗外
静静地飘
我静静地坐在这里
一动不动地
等你
等那场风花雪月的开始

……

扫二维码收听本篇

好好爱

把时间的窗开放
让爱在里面单纯地生长
时间越久越是醇香

好好爱……
信任来做土壤
自由自在笑声朗朗
不去追逐海底水草空中候鸟
只愿意茫茫宇宙住在你的心房

好好爱……
忠诚来做衣裳
欢欢喜喜永恒时尚
无须百转愁肠鬼魅伎俩
只愿意风云变幻依旧在你身旁

好好爱⋯⋯
欣赏来做眼光
秋水长天千年芬芳
没有月光的晚上
我们都看见美丽在绽放

好好爱
必呈祥

2016.2.21

扫二维码收听本篇

今夜，让我沉沦一次

今夜
让我沉沦一次
沉沦成海底的鱼
无法接收来自天边的信息
一片水草托着我的身体
漂来荡去

疼痛是沉沦的理由
我不再想念你
谁说我不会伤悲
谁说我不会流泪
我不再牵挂你
没有你的城是寂寥
没有你的海是虚无

今夜

我沉沦成秋雨后的那片叶子

无法飞进你的书籍

蜷缩成墙角下的虫儿

扫二维码收听本篇

秋的交响曲

选择随遇而安的方式
加入秋天的交响曲
秋光，我和你一样
偶尔我行我素

一条条金光大道
那是宇宙的馈赠
柔软了萧瑟枝冷
无须伤感岁月无情
和你一起，微笑着
随同这大自然的风
交替从容
像一阙秋天的芭蕾
天衣无缝

群山摇起风铃
转弯处，又是柳暗花明

一池秋水

有祥云缭绕，那是你

蜜糖般的眼睛

2016.10.31 晨

扫二维码收听本篇

不说再见

洞庭湖八百里一色
彩霞染红视野，烟云苍茫
多少次魂牵梦绕
多少次追随南归的大雁
飞进你的芦苇长天

我是一朵飘浮的云彩
怀着久久不能落地的向往
穿过京城十万丈红尘
衣袖上带着北方雪花的清凉
虔诚拜谒
我心中的远方

像一缕自由的风
旖旎风光，将雾霾遗忘
看船头浪花盛开
品一湖潋滟波光

聆听异乡的歌唱
心随着水鸟去高空飞翔

洞庭湖　　洞庭湖
心灵会晤的圣地
唐风宋韵穿越时光
激溅一湖波浪
洞庭湖　　洞庭湖
我醉了
醉在无边无际花海
醉在两岸丹桂飘香

露水清清
润泽我的渴望
圆了我最初的梦想
清风梳理着一件一件往事
诗意缤纷　　笑语朗朗

香港诗词协会

诗的纽带　爱的桥梁

岳阳楼　芦花海　桃花江

写不完的深情诉不尽的衷肠

远方和诗意

我要用心去丈量

在寻找的路上

你我邂逅波影湖光

梧桐叶纷纷

却不忍说再见别离

我在前方等你

挥挥手　一湖浩瀚

永远在心头荡漾……荡漾

扫二维码收听本篇

2015.10.23

第四部分　世界悄悄爱你

世界悄悄爱你

这首诗源自一个真实的故事，2016年2月16日上午10时许到19日上午10时，这匆匆流逝的72小时，原本只是浩瀚无边的宇宙时空中微不足道的一个片断。然而，对于浙江省金华市浦江县大畈乡建光村3名失联儿童——陈馨怡、陈翰林姐弟以及陈敏洁的父母，以及全省内外时刻关心着他们下落的热心人来说，似乎已有一个世纪那样漫长。生命至上，大爱无疆。72小时，足以把这些付出汇聚成最为强大的力量，最终指引我们找到3位生死未卜的孩子们。

——题记

河流滋养着大地、大地滋养着树木
树木滋养着你的眼睛
世界用你和每一个生命
绽放出它的内心
你在哪里

世界就在哪里悄悄爱你

太阳悄悄爱着
我只悄悄看了它一眼，树叶就绿
山花就红
转过身，太阳的光打在我背后
你与我撞个满怀

世界悄悄爱着
它在爱你时愈合了每一道伤口
此刻世界没有战争，没有茫然
一群鸟儿飞远又飞近
孩子们亲昵地叫妈妈
赶路的人安全抵达

手指动一下左边按键，满屏都是你的世界
不关心细节

只是我的世界有你
无关风月
只是我悄悄爱你

一个关切的声音来自不知方位的地方
催我入眠
这是世界悄悄爱我，我知道
我在悄悄里

2017.1.22

扫二维码收听本篇

涟　漪

在煽情的杨柳岸边
坐下
挑选最好的石头
用最好的姿势
投向对岸
一圈圈涟漪
就是一圈圈希望

2017.1.15 晨

扫二维码收听本篇

立 春

来了
就会一天天蓬勃
这之前的忧虑
苦闷与空虚
一切都随着你的到来
变为清香的风
欢唱的河流
喜鹊的合鸣
微笑的花朵
当然朗润的不只是山
还有心情

云想让你为我骄傲
调动起第一场密密细细的雨
轻轻咬着少女的梦

2017.2.3 立春夜

与你同行

布谷鸟吹着风笛，穿过枝丫
山林发出春天的回声
我，与你同行
你的名字叫——快乐

海鸥抖动着梦想，翻起浪花
白云对蓝天诉说着钟情
我，与你同行
你的名字叫——忠诚

孩子嬉戏着冬雪，摇响银铃
简单拥有着幸福
我，与你同行
你的名字叫——纯净

除了大地祥和
除了天空高远

还有什么更值得迷恋
我，与你同行
你的名字叫——慈善

我，与你同行
你的名字叫——宽容
我，与你同行
你的名字叫——勤勉
我，与你同行
你的名字叫——知行合一
……

2017
我与你同行
我们与光阴共同书写温暖

扫二维码收听本篇

2017.1.1 元旦瑞雪

流浪着，心灵写给心灵

没有无缘无故的相逢，没有缺少准备的心动。如草木拥抱春天，如江河向海洋汹涌，有一种感觉出于本性。

——题记

我的岁月升温的季节
恰恰是暗淡的深秋
雁阵依然如约
在天空上演一幕凄清
自然世界的色彩

行走着
追逐着
孤独着
挣扎着
我宁愿将自己提炼成一块石头
而不是干涸的枯井

只想展示一种苍白的冷峻

只想炫耀一下风骨

而你

以不可抗拒的力量

撞入我的眼睛

火光之中

我洗涤灵魂

我提纯生命

沦入你的阵营

我怎能扑灭

心头的这片涛涛潮声

扫二维码收听本篇

芦苇花

清瘦如冬日的心情
翩跹如南飞的群雁
交叠而过的翅膀
拍响诗歌的节奏
纯朴飞过简单的色彩
浪漫氤氲摇摆的姿势
渲染一种情绪
仿佛来过
或者在一本童话书里
时光倒流
陷入记忆的尽头

我用想象触摸你
丰满的灵魂
我用镜头记录你
无悔的凋零

扫二维码收听本篇

立　秋

今天的语言那么柔软
像我最爱的丝缎

整个春天
整个夏天
你都在悄悄私信我

我消磨掉光阴
一抬头
已收获了你

2016.8.7

扫二维码收听本篇

十 月

疲惫的时候没有诗
只想睡觉

一觉醒来
天空仿佛比昨天蓝
日子仿佛比昨天好

吞下一粒野山参
如吞下一粒仙丹

于是诗又回来
拒绝冷漠的知觉
闻到十月
桂花挂满枝头

2016.10.10

伤　秋

所有想说的情话
在十字路口徘徊
一颗温柔的心，灰色高冷
无声的雨
凌乱着繁华的京城

一夜梦醒
霜冻
无法冷透一份深情

2016.10.28 霜冻

扫二维码收听本篇

旅　行

是诗歌
是散文
是小说

熟悉的城市
熟悉的人群
熟悉的味道
熟悉的忙碌
摸摸口袋里
没有丢失的信用卡
蓄谋逃离
总是间歇性地发作

于是在一个淡季
貌似优惠的价格
前往奥地利

只为金色大厅

梦里的约定

在萨尔茨堡

朋友幸福得像花儿一样

音乐像萨尔茨河水

静静地流淌

广场屋檐下

陶醉的乐师

陶醉了正在准备

开放的春天

咖啡厅里优雅的老妇

她的蕾丝花边的礼帽

优雅了纷繁的人生

一口免费的泉水

就一口温泉饼

就可以温暖

无家可归的游子

行走中又想起

熟悉的城市

熟悉的味道

熟悉的人群

思念

粘连着快乐与疼痛

于是

飞多远思念跟多远

十天成为一个情绪点

不管家的那边是严寒

还是雾霾天

我要飞抵人间

你依旧迷人

扫二维码收听本篇

2016.4.10 于奥地利

面 对

何等的幸运
让我双手合十
对菩萨诉说：
感谢生命中有你！

让我面对太阳
你的目光穿透我的心房
让我面对自己
思想化作满天星斗
传递所有的渴望……

2015.12.15

扫二维码收听本篇

京　霾

也许过上几年
也许就在今天
某一个地方
生命正在痛苦地喘息
我爱的城市
被吞噬在无声的肆虐中
一切仿佛都没了呼吸

我在
鲜活地奔跑
相信我的蓝天
还有一公里的距离

你在
鲜活地奔跑
相信清风的吹袭

还有一公里的距离

蓝天进来
京霾遁去

扫二维码收听本篇

晨　曦

一只飞鸟掠过房檐
感慨它飞翔的能力
它怎么就能飞在天上呢
这一点
动物界
也是一片嫉妒唏嘘

有些事情
人类总是无能为力
飞鸟回答
在鸟类它们很平凡

扫二维码收听本篇

心里干净得就剩你

行走不是想要躲避
是为了体验生命的意义
离开不是因为嫌弃
是为了更加懂你

初夏的五月
生命路过雪山
雪山飘来花瓣的雨
路过悬崖
悬崖有羚羊昂首峭壁
与我一起欣赏着落日
烤焦的森林
枯萎的苍凉
太平洋日夜涌动
百年燃烧的火焰
大雾弥漫的天路
繁星点点的太空

我路过这一切
繁华与荒芜
壮丽与微小
同样有尊严的存在

生命又一次接受
盛大的洗礼
荡涤心灵的尘埃
晒黑的皮肤
沧桑的皱纹
都无所谓
那停留在嘴角的微笑
才是我给你的
最好的礼物

行走

归来

心里干净得就剩你

一路相随

心灵的清晰

有如莫纳克亚的星空

星空下的我

深藏着爱你的快乐

2016.6.2 于 big island

扫二维码收听本篇

大　雪

今日节气大雪
蓝天白云
记得小时候到什么节气
大自然就会有什么样的表现
清明节定有密密细细的雨
小雪会有雪花羞羞答答地来
到了大雪就真的一夜之间满城一色
袅袅的炊烟从白色的烟囱中溜出来
只有孩子们的笑声可以打破那宁静
那时的雪
渴了
可以捧起来吃
甚至能够吃出甜的滋味

今日大雪
蓝天白云
突然感受到今年的大雪都落在了岁月的头

一片一片像那年数不尽的花儿

此刻你恰好在南方

我把儿时关于大雪的记忆

直播给你

2016.12.7

第四部分　世界悄悄爱你

扫二维码收听本篇

虚 度

溪水在深山的石缝里
唱着恋歌
偶尔也有夏天的叶子
从空中陨落
淡蓝色的蝴蝶
停经紫色的花朵
我的呼吸
在一条古老的山路经过

红的透明的野樱桃
半红半青的李子
在好看的竹盘里
伴着一壶绿茶
在有风的亭楼
浪费掉好看的斜阳

光阴缓缓流淌

垂钓的鱼竿

终于在晚饭之前

咬钩上岸　放生的那一刻

潋滟　潋滟

心一连就到了天边

2017.7.29

扫二维码收听本篇

原　乡

清晨
与一缕阳光搭肩
一只鸟儿在凝望
绿色安静深远
风是百万乐手
轻轻　轻轻
撩拨着夏天
你
若隐若现

2017.7.19

扫二维码收听本篇

生命的河流深处

当一切遁为无形
焦躁、疼痛、色彩、繁华、
群山庙宇、亭台楼阁
都被收进子夜的神器
而此刻
我有万枝蓓蕾
涌出思想的子宫
万朵莲花
在俗世里盛放，轮回
也在天赐的尘缘中
耳鬓厮磨

2017.7.12 初伏

扫二维码收听本篇

爱

因为有你
我用欣赏去看世界
每到一处都有历史的细节
千年沧桑　万年葱茏
感觉如潮来潮涌
站在我头顶的鸽子似乎听懂
捉一根生长多年的黑发
拍着有节奏的翅膀飞走

因为有你
我用真诚丈量着地球
每到一处都有清爽的微风
吹开紫色的花瓣
花瓣上戴着我的耳钉
此时的心情超速飞行
急不可待地告诉你
花开有声

因为有你

我用慈悲抚摸着天空

跳出纷繁云端漫步

写不完的诗啊

就在脚下的河里流

拉着你的手

哪里都自由

2017.7

扫二维码收听本篇

冬之韵

眼看着你
一天一天瘦成冬
透过褪去华服的骨骼
你把更广阔的天空
还给眼睛
骨感、神秘，仿佛历尽沧桑
从容、智慧，犹如闭关修行

我期盼着来一场大雪
克隆你现在的行迹
建一个洁白的大房子
我张开嘴大口呼吸
敞开双臂自由的飞行
我要和你一起
播种春风

扫二维码收听本篇

2016.11.8

灵魂相约一瞬抵达

一场新年的时装秀
高级的服装师
扮靓 2016 春夏的 T 台
精致的美人们
眼睛、鼻子、眉毛，
还有丰满的嘴唇
看上去都那么标准
……

感恩
我的灵魂
可以自由地离开专注的身体
以光的速度甚至更快
灵魂相约

一瞬抵达

抵达

独一无二的 T 台

2015.12.13

扫二维码收听本篇

爱你一生爱不够

爱你一生爱不够
我要想象出
一个世界
一个宇宙
在那里我们再爱一百年
如果你允许我贪婪
那就再爱一万年

岁月漂染了我们的头发
你说这是流行色
光阴雕刻着我们的眼睛
你说如秋水更深情
夜色如水如丝绸
我闭上眼睛
借着你轻柔的呼吸
悄悄溜进你的心里
你正好梦到我

爱你一生爱不够

我要想象出

一个世界

一个宇宙

在那里我们再爱一百年

如果你允许我贪婪

那就再爱一万年

2015.11.11

扫二维码收听本篇

秋天在你手里

由于欣赏

生命永远跃动

秋天在你手里

阳光下闪着丰收的光影

寄给冬天的牵挂

飘满北方的天空

一片一片

落入心中

2017.11.7

扫二维码收听本篇

附　录

解析杜杜诗歌

有关于思想的一点认识，从没有提出来，因为涉及的范围太广，也太容易引起歧义，因此一直搁置于内心。所以，今天说出来，也只是揭示一个事实。古往今来，先贤大哲，从中国的老子、孔子、朱熹、王阳明、陈寅恪等，到国外的柏拉图、亚里士多德、康德、黑格尔、尼采等都是男性，在关于智慧性、思想性、哲学性的历史记录里，绝少有女性的身影。这一点，与最初的母系氏族社会女性作为社会群体的主导者，到在历史中失去社会主导地位进入男权社会，有同样的背景原因，人类思想史因为女性群体的缺失，积淀了最大的遗憾。

20 世纪以来，女性社会地位的提升，以及超越性别因素的自觉性的社会发展参与程度的增多，涌现出众多的女科学家、女哲学家，以及有深厚思想性的女作家、女诗人，人类思想史不再会出现女性部分的断代。尤其一些有天赋，带有母性之爱的，并有宽阔视域的女性作者的出现，使人类文学史进入了最繁华的时代。在这些作者当中，杜杜算是一个，在读到她的作品时，我惊讶于她的已经抽离性别属性的母性之爱，更高于女性特有的母性之爱的纯粹地去爱。这个世界的爱与温暖，总有源泉，就来源于一颗颗如此的内心。在她的《世界悄悄爱你》这首诗里，我们看到了一个满溢着爱的世界，她爱着这个世界的一切，这个世界的一切又都成为她爱的源泉，植物、动物、甚至马路都成为带着爱的萌动着的生命……

河流滋养着大地、大地滋养着树木

树木滋养着你的眼睛

世界用你和每一个生命

绽放出它的内心

你在哪里

世界就在哪里悄悄地爱你

太阳悄悄地爱着

我只悄悄地看了它一眼，树叶就绿

山花就红

转过身，太阳的光打在我背后

你与我撞个满怀

世界悄悄地爱着

它在爱你时愈合了每一道伤口

此刻世界没有战争，没有茫然

一群鸟儿飞远又飞近

孩子们亲昵地叫妈妈

赶路的人安全抵达

手指动一下左边按键，满屏都是你的世界

不关心细节

只是我的世界有你

无关风月

只是我悄悄地爱你

一个关切的声音来自不知方位的地方

催我入眠

这是世界悄悄地爱我，我知道

我在悄悄里

　　这样的爱让人心灵震动！是这样的爱发展出人类绵延不尽的未来。这样的诗作不仅仅需要宽阔的思想视域和丰富的阅历，更需要懂得在"生命本虚无"之上构建生命的意识。我来，我在，是为了爱这个世界，是为了让这个世界通过我更好地表达出爱。如果我们喜欢那些温婉清丽神秘超俗的女性文字，那这样有如此的生命意识觉醒，构建生命价值的文字，更应该成为重要的文本，人类的思想史不再允许女性的缺失。而且，我们更应该超越性别地去审视这种博爱意识，去面对与接受这种本源之爱，并让这种本源之爱在自我发生。

当代诗歌，很多诗歌作者诗歌的主旨意蕴，诗歌主题的来源与写作材质的"同质化"现象比较突出，一个主题写几首、十几首，甚至几十首，最后导致作品所需要的凝聚着作者深厚感情积淀的底蕴分化消失，几十首没有一首可称精湛。同质化现象严重地影响到了读者感受，读一本诗集像是读几首诗，这种对读者时间的谋取无异于谋杀，也造成了读者的不断流失。导致这种现象的原因之一是很多诗歌作者的妄自尊大，对自己作品过度地盲目自信，另一个原因就是写作视域和人生阅历的缺失，导致思维狭隘，在自己思维的小弯弯里转不出来。这样的作者，很难写出大气象的东西，也很难成为对诗歌起到正能量作用的人，只是在消费诗歌。杜杜的诗歌，在整体上已经超越了同质化层境，大多数诗篇都有准确的主旨意蕴，在不同的诗篇里能够读到不同的思维趋向和意境感受，使读者在不同的诗篇里不断地变化着阅读者身份，感受到不同的意境和意象空间对阅读者内心的覆盖和激越，能够让人体会到诗歌之美。我们先来读两首杜杜的爱情小诗：

《难题》

我把你的名字

拉长，再拐一个粤语的弯儿

这样我会觉得舒服一些

若还不能释怀

就加快语速

重复一百次一万次

保证字字珠玑

这样

你就从我心里

出现在眼前

另一首

《风花雪月》

心与心相约

地点瞬间抵达

留下手无寸铁
守候雪月风花

饮一杯烈酒
相思是否可以酣睡

泪滴留不住月色
一切变得软弱

怕你掉入选择
有些话还是不说

默默守护你去飞翔
无关于我的又怎说不是

我的一场
风花雪月

　　"我把你的名字 / 拉长，再拐一个粤语的弯儿"。
多么令人惊艳的句子！中国的广阔地域，不同的地方语言特点，成就了诗人的这个意象。但这需要作者有很好的诗歌灵性和语言感触力，也需要内心对一个人无比真挚的热爱才能够体会到这一瞬间感受，古往今来被无数人吟咏的一种思念在这短短的几句诗行里站立起来，没有几个人能够把思念写得如此带着个人的温度。

几千年来，女性的隐忍力是人类历史巨大的悲痛，这种深藏着爱的隐忍力更迭出未来，也带着与生俱来的悲悯性。"怕你掉入选择／有些话还是不说／／默默守护你去飞翔／无关于我的又怎说不是／／我的一场／风花雪月"……这种带着巨大隐忍力的爱让人震动，无法平静，文本隐藏的隐忍力的悲悯性让整首诗带着眼泪的湿漉漉的温暖。真正的爱一个人是守护和关注，是无关于我的又怎说不是我的一场风花雪月，虽然没有年轻人的花前月下，但这样的爱情带着阳光般的炽烈，带着她燃烧自己放射的光芒，这种成熟沉静的带着隐忍力的爱让人读到心痛，也让读者经受着几千年积淀的女性隐忍力的巨大悲悯性冲击。

爱是杜杜诗歌恒定的主体，这不是单纯的亲情、爱情，而是本源性的爱。来看她的另外一首诗：

《梦境》

一枝夏荷

端坐成一百尊佛

隔着雨雾

隔着冰冷

隔着一片静静的水塘

一滴眼泪

碎成一百个太阳

隔着黑夜

隔着孤独

隔着一个纷繁的世界

这应该就是我们渴望读到的诗歌吧，渴望被诗歌感染并被召唤出我们内心深藏的爱与感动。这首诗，起源于作者内心的大爱，佛只是一种向善的指向，作者的视觉里带着内心对这个世界深厚的爱，一种去赋予的爱，由此看这个世界时，满眼是佛，是善，是人世的美好。这样的爱只有对人生理解得通透了才会有，内心有这种爱的人，生命已经打通了"任督二脉"。内心美好，满眼是世界的美好，那世界就没有不好了吗？不是的，看作者在这里用了雨雾、冰冷、静静的池塘，在这里这些暗喻世界的一些事物还没有成为美好时的"不好状态"，暗喻人生中的种种不美满。而另一端，夏荷已经成佛，作者透过"世界目前不好的状态"看到的还是美好。心中有大爱的人，能够在面对世界不好的时刻看到世界美好的底蕴。穿越不美好看到美好，美好已不只是希望，而是一种时刻都有的感受。这样的人生是幸福的，因为作者内心带着时刻要去赋予这个世界的爱。

"一滴眼泪 / 碎成一百个太阳"，这一句将全诗推到了高潮，创造了全诗至高的顶点，十分令人惊艳。眼泪，有感动的泪，幸福的泪，欢乐的泪，但眼泪更多时候暗指伤心，悲惨，无助。在诗中，作者把眼泪碎成一百个太阳，这不只是意志坚定者对未来的宣言，这不只是心藏大爱者在黑夜中看到的无与伦比的明亮（因为是一百个太阳在照射），这也不只是人世间的黑暗、孤独、纷繁混乱简单地向美好穿越……这一刻，作者内心已经是整个世界，已经是包容了整个世界。我揣测，作者写作此诗时并不是在睡梦中，这首诗并没有梦境的混乱，而是超越了清晰。但作者用梦境作为标题，却赋予了这首诗比现实世界更宽广深厚的意境空间，让爱的覆盖面超越边际。

她的天赋和阅历成就了她的诗歌，但是也有一些不足之处，在语言先进性与诗歌技艺方面略微欠缺。这又是一个两面性的问题，语言的先锋能够成为语言的历史主体进程还是只能在历史中被定位为语言先锋？在无法确立这一点时，用保守的语言形式写作也并不是不好的选择。

在此祝贺杜杜诗集的出版，也期待她不断有好的诗作。

2017.3.21 于太仓市

扫二维码收听本篇

读杜杜诗集我心已动

宋占臣

不久前的某一天，经朋友介绍，我接触了女诗人杜杜的诗歌，一下子就被她充满灵性的诗抓住了魂儿。

人上了岁数，心思懒散，笔也懒了。但看了杜杜的一些诗后，却产生了想写点什么的冲动。说实话，我已经多年没有这种感觉了。

我喜欢她的诗，个人感觉这是我近年看到的非常好的诗。我向读者推荐杜杜的诗，不光是自己偏爱，相信喜欢诗歌的朋友也会喜欢上她的诗，精神从中会受益匪浅。

我想对杜杜说：这个世界因为有你写诗，变得更美好！我还想告诉杜杜：你能写出这样打动人心的诗歌，是因为多年来你一直执着地热爱它。你在读诗和写诗中心灵得到安宁，你快乐并幸福着，这就足够！

一些人写诗往往喜欢抒发哀怨之气，像笼罩

天空的雾霾，让人的心情灰蒙蒙的。我喜欢杜杜的诗，因为诗境晴朗开阔，里面传递的都是正能量，读着亲切鼓劲儿。作为一名有责任感的媒体工作者，她远区别于那些酸腐文人，其作品冒热气，具暖气，有锐气，不媚不俗。

喜欢杜杜的诗，还因为这些诗体现出思想的深度和情感的浓度。努力戒避了肤浅、浮躁，注重了情感的冷暖、命运的反差、灵魂的美丑；避免了无关痛痒、小题大做、虚情假意一类的病态写作。无论从创作手法或形式上看，都很有个性。

我同时觉得，杜杜的诗歌内容丰富多彩，有忆旧追远，怀念故乡亲人的；有针砭时弊，引人向善的；有激励情怀，催人向上；有淡泊名利，向往田园禅意的；有先锋前卫，溢满青春活力的。这些诗琳琅满目，赏心悦目。

本人不是诗评家，不想对杜杜的诗做过多理论上的论述。我只想分享自己的真实感受，通过简析她的几首诗，向大家说明：杜杜的诗到底好在哪里。

首先，杜杜的诗歌具有极强的思想性。现在一些人写诗，大多是风花雪月，或者无病呻吟，或者为赋新词强说愁。其诗给人的感觉轻飘飘软绵绵甜腻腻，一点儿力气都没有。杜杜的诗，大多是有感而发，体现出了诗人对时代对社会对人生的思考。

> 请让我面对太阳
> 让你的目光穿透我的心房
> 请让我面对自己
> 让思想化作满天星斗
> 传递所有的渴望

> ——摘自《面对》

多么具有冲击力的诗句，"面对太阳"需要勇气，"让你的目光穿透我的心房"是灵魂在呼唤洗礼！而"让思想化作满天星斗"，则是一种呐喊，震耳欲聋，引人深思。

> 心动了

> 从字典中
> 我挑出一个一个方块字
> 小心翼翼地，把她们放在白纸上
> 变成
> 一个美丽的家

一幅美丽的画

一条流向心灵的河流

文字变成诗歌

那是心灵的一次洗礼

就像我，变成一只可爱的小鸟

从一个你无法预知的地方出发

借着诗歌的翅膀

触摸你的星球

——《心动》

这首《心动》，我读了好几遍，心实实在在被打动了。"文字变成诗歌"，"变成一只可爱的小鸟"，"从一个你无法预知的地方出发"，去"触摸你的星球"？闭上眼，这些鲜活意象，让我感觉到思想和想象的"小鸟"在天地间飞来飞去，牵动麻木的时空发烫。我们这个"唯物"社会，太需要这种触摸了！

第二，杜杜的诗极具灵性，牵动人展开想象的翅膀。有的人写诗很笨拙，只会平铺直叙，缺少意味，杜杜的诗则如灿烂星光，让置身红尘苍茫的人，产生无限联想。

> 我期盼着来一场大雪
> 克隆你现在的状态
> 建一个洁白的大房子
> 我张开嘴大口呼吸
> 敞开双臂自由地飞行
> 我要和你一起
> 播种春风

> ——摘自《冬之韵》

无论"克隆你现在的状态"，还是"建一个洁白的大房子"，都灵动俏皮，极富想象力。我们于耳目一新中，也想"敞开双臂自由地飞行"了。

> 我的灵魂
> 可以自由地离开专注的身体
> 以光的速度甚至更快
> 灵魂相约
> 一瞬抵达
> 抵达

独一无二的 T 台

——摘自《灵魂相约一瞬抵达》

一场普通的时装秀，杜杜想到了灵魂的抵达。在激荡音乐中，在光影旋转的舞台，"灵魂可以自由地离开专注的身体"？这真是独一无二的 T 台，也是独一无二的想象！

还有，杜杜的诗灼热滚烫，是心灵的写真。一些伪诗，在写情感方面总是遮遮掩掩，故弄玄虚。而杜杜则撕开面具，敢写爱敢写恨，让人看到她纯净的内心世界，让人感受到世俗框架下依然有火焰在燃烧。

爱你一生爱不够
我要想象出
一个世界
一个宇宙
在那里我们再爱一百年
如果你允许我贪婪
那就再爱一万年

——摘自《爱你一生爱不够》

读这样的诗，真会让人血脉贲张。是的，遇到对的人，爱一生怎可以？"如果你允许我贪婪／那就再爱一万年"！

这是真爱的宣言，也是爱的号角！

　　爱着你
　　一辈子太短
　　等着你
　　一秒钟太长
　　我们做着彼此喜欢的事
　　这让我感到快乐

好一个诉衷肠！有热度有浓度有宽度有厚度，"爱着你／一辈子太短／等着你／一秒钟太长"？读着这样热辣椒一样的句子，不烙印到心里都不行。

本来，还有好多话要说，但我想，还是读者诸君自己体会才更妙！

也许有人只是路过，瞭了眼便匆匆离去，没

185

有留下"心动";相信会有更多的人上前仔细阅读，越读越有兴趣，越读越"心动"，因为他体验到了一种心灵的通电和共鸣！

不管别人感觉如何，杜杜的诗已着实让我心动——能让人心动的就是美好的！

宋占臣：报纸资深编辑，中国诗地文学网总编。

诗歌信念：肩上明月袖底风，一支秃笔报苍生！

扫二维码收听本篇

诗意生活的美好开始
——杜杜诗歌赏析笔记

周　步

"在这个无情的世界上，我们深情地活着。"不记得谁写过这么一句诗，感觉很好，就记住了。这和读杜杜的诗歌感觉很一致，突然想起，就写到这里。杜杜是播音、主持，诗歌不是她的专业，却是她的专长。一个漂亮且人缘极好的主持人，喜欢写诗，这本身就是一件很美的事情。因为诗歌的核心是美。

我们先来读杜杜的两首诗歌：

《心动》

心动了

从字典中
我挑出一个一个方块字
小心翼翼地，把她们放在白纸上

变成
一个美丽的家
一幅美丽的画
一条流向心灵的小河

文字变成诗歌
那是心灵的一次洗礼
就像我，变成一只可爱的小鸟
从一个你无法预知的地方出发
借着诗歌的翅膀
触摸你的星球

《春雨》

昨日的孤独
是为今天的重逢埋下的伏笔

如同增一分太多
减一分太少
我们的结合
是不多不少
是刚刚好
是你唱我和

今夜

是大自然最幸福的时刻

白发又如何

青春在这个季节再次复活

爱

是我珍藏的一粒种子

春雨中

抽出新芽

露出新叶

好的诗歌无须太多的揣摩和猜测，读完了，诗意自留心间。好诗是一种享受和回味余久。无论我们的生活经历过什么，无论我们的生存状态如何，读这样的诗歌，都能给人以清新亮丽和怦然心动的感觉。我也是一个喜欢写诗的人，但我写不出这样清澈动情的句子。我可以大江歌罢，可以横刀跃马，也可以小桥流水，但唯独难以营造出如此的温情适宜。从生活的字典里挑出字符和"珍藏的一粒种子"，组成心动的爱的私语，这不光是才情，更是一种生活态度。这两首诗没有太多的超现代元素，也没有故弄玄虚的蒙太奇镜头，让人读来赏心悦目，读来"心动"。那种流淌在字里行间的丝丝温情，让生活一下子如千千阕歌，摇曳多姿，明亮愉悦。把生活的最美展示给你，这是杜杜独具的优势。因为杜杜是主持，是播音专业。她站在一个心灵和生活的窗口，向这个世界传递着真善美，也鞭挞丑与恶。把心中的每一缕阳光，都力尽所能地向这个世界传递。这也是她诗歌语义的秘密。

爱是生活永恒的主题。杜杜对爱的理解和执着，是杜杜诗歌的一大特色。在我读到的杜杜的诗歌中，与爱有关的题材，占了相当大的篇幅。这些爱有爱情，有亲情，有友情。这些情有人间大爱，有母子情深，有情爱的自私。也正是这些爱与情的交织，爱与情的理解，执着与思索，使得杜杜的诗歌有了太多的真诚和珍爱，姿态与表白。真诚，永远是诗歌最美的亮色，也是诗歌最佳的看点。

《雨中行》

雨刷匆匆推开水滴
让我的思绪更加清晰
谁在制造

京城最浪漫的诗意
诗意的情绪
让我想起远方的你

车轮在前行的风景里变换着美丽
我在你的怀抱里
温情细腻

在这小小的世界里
你接住所有风雨
没有什么可以
阻挡我想你
就像这雨
轻轻敲打成我的诗句

《雪》
雪在窗外
静静地飘
我静静地坐在这里
一动不动地
等你
等那场风花雪月的开始

......

　　相思是痛苦的，也是无奈的，但也是幸福的。情感的纠结与思绪的痛苦，这些生命中最真实的元素组合在一起，就是生活的全部。在一场雨中想你，"车轮在前行的风景里变换着美丽 / 我在你的怀抱里"。在这个世界上，爱是没有距离的。即使在没有你的时刻，我也可以"在你的怀里"。即使在冬天，我也可以"一动不动地 / 等你 / 等那场风花雪夜的开始"。这就是诗歌的力量，这就是诗人的情怀，因为诗，我们对生活多了一些理解和坚韧。这些理解和坚韧就是，我们把平淡的生活，过得平而不淡。

　　读这样的诗歌，真的是心灵的一次享受，也是生命的再次感悟。读这些诗句的时候，我在为诗中的人感到幸福。有句话是，生活质量的高低，主要看和谁生活在一起。换言之，生活幸福与否，要看和谁生活在一起。和一个阳光、向上、乐观、充满正能量且爱诗歌的人生活在一起，无疑是幸福的。"在这小小的世界里 / 你接住所有风雨 / 没有什么可以 / 阻挡我想你 / 就像这雨 / 轻轻敲打成我的诗句"。原来，雨点可以敲打成诗。记得有一次，丰台区举办征文活动，获得第一名的那篇文章非常之美，杜杜看到了，得知我和作者有些联系，就多次留言与我，想邀请那位作者，做一期节目。对善美的追求和不容错过，是一个主持的本能，也是一个诗人的本能，更是杜杜的本能。这就是杜杜，这就是诗歌和现实中的杜杜。

杜杜做主持，也做播音朗诵，同时也做导演。许是职业习惯的释然，她的诗始终给人一种画面感极强的感觉。同时不失时机地插入一些唯美的镜头，让阅读者眼前一亮，或心头微微作痛。这种来自生命的感动和感知、感慨和感悟，是杜杜诗歌写作的艺术取向，也是杜杜诗歌写作的价值意义。

杜杜说，她要把这些诗歌作品全部朗诵，做成有声读本。这些优美的文字，如若通过另一个方式抵达我们的心灵，我想，那该是一件更有趣有益的事情。

2016.7.6 于海淀

周步：甘肃山丹人，诗人。作品以散文、诗歌为主。作品见诸《甘肃日报》《北京晚报》《北京青年报》《农民日报》《散文选刊》《飞天》《中国诗歌》等报刊，多次获全国散文、诗歌奖。作品入编《中国散文佳作精选集》《2012中学生最喜爱作品》等文本。

扫二维码收听本篇

后　记

杜东彦（杜杜）

整理这些文字，依然心动，却是另外一种感触。时光已无法将往事改变，也并未改变让我如往日一样的瞬间心动。改变的是今天面对这些故事时，想法与过去完全不同了。这不是世事变迁，不是我更成熟，也不是生命活得通透了，而是我，更懂得如何爱这个世界了。

我知道这个世界悄悄爱着我，不仅有亲人爱着我，还有阳光，有风雨，有春天，甚至我的每件衣服，每双鞋子，我的眼睛看到的，或者没看到的，都在悄悄地爱我，欢乐的时候，疲惫的时候，伤心的时候，我都能感受到被爱的温暖。因了这爱，我比从天上下凡的织女，更贪恋这个人间。

走出楼门口，回望家里的窗户，经常能看到母亲站在阳台目送我，每每如此，内心震动并心生惭愧，我如何来回报她的关爱？我也是一位母亲，她不仅是我做母亲的榜样，也让我每天走出家门，走出社区，面对工作，面对同事，面对所有一切时都能够带着她注目我时那种关爱，去爱，被爱。这爱充盈我身边万物，是我的生活，我的诗歌恒定的旋律。

写诗多年，诗歌已经是我的伴侣，与我讨论一日三餐，与我秉烛夜话，与我远游天涯。每一首诗都像另一个我，因为有诗歌，我的孤单，从未真正孤单。诗歌是我身体里的另一个生命，也是我心灵的语言，是我向这个世界的呼唤，我知道在这个世界的某个角落，有与我频率相同的心跳。我们都在静心倾听，内心相同的语言。

一个真实的我什么样呢？就在这本诗集里吧，这里有我的亲人，有我的爱情，有我与世界的交汇，我的想法、内心、渴望、期待，和我的给予。一个真实的我和许多不同的我。

时光多么强悍，也无法带走我真诚的心，在工作中，在与亲人的温暖时光，在与朋友的交汇，因为这份单纯的真诚，我享受着一份份爱的呵护，很多时候内心非常感动这许多被爱，我何以回报呢？除了真诚，除了这些心灵的语言，还有我要秉持着这颗真诚透明的心，与你们一起享受这滚滚红尘。

岁月蒙尘，诗歌闪亮。我渴望未来依旧时时与诗歌相伴，也渴望这些带着我心跳的文字，能够给人间增加一份温暖。

在这里仅把我的一篇小短文《爱如山》献给亲爱的朋友们!

《爱如山》

记忆中爬过的第一个山,是呼伦贝尔根河市的岗楼山,现在想想它就是众山中的沙丘,但它却是我儿时的记忆。春天漫山的达紫香,一簇一簇,伙伴们就在里面穿梭,我总要一朵一朵摘下吃她的花根,淡淡的甜、淡淡的香……到了秋天,山里还长满了一些野果,有红豆、高粱果、刺毛果……那时北方水果很短缺,吃个香蕉、菠萝都是极其奢侈的事情,而现在这些山珍野果成了稀缺的宝贝。

岗楼山因为有个岗楼而得名。登上岗楼可以看到小城全貌,弯弯的河流如一条条银链穿城而过,站在山顶就可找到家园,家在远方而我在山上可以望见。这种画面与体验好像每个登山人都曾有过。

随着年龄的增长,见到的山、爬过的山越来越多,三山五岳——黄山、庐山、雁荡山，泰山、华山、衡山、嵩山、恒山；还有一些佛教、道教的名山，比如五台山、峨眉山、普陀山、九华山（至今没有机会去），每一座山峰都有它的故事、它的味道、它的魅力与灵魂。

也许从小就与山有缘，我喜欢跋涉着与山相逢，体验一次次灵魂的提升，在峨眉缥缈的金顶，我与佛光对话，忘记身为过客的迷惘。在黄山，我穿越崎岖不平，夜半上路，终与日出相逢，静守一份温暖与蓬勃的激情。在泰山，身体与挑夫一起轻盈，感受磅礴气韵，泰山压顶，感受自己的渺小却那样从容。在普陀，《心经》吟诵一颗菩提子种在心间，海天佛国四时风光在云中自由穿行。那温柔的一瞥足以令人洁净地存在，慈悲地活着。"行到水穷处，坐看云起时。""宠辱不惊，闲看庭前花开花落；去留无意，漫随天外云卷云舒。"此时又一次与古人不期而遇……人世繁华只是泡影！

春天，春花浪漫。夏天，热情性感。秋天，相思满天。冬天，静守来年。四季流转，我真正懂得爱！

　　我的爱是一座山！

　　最后，感谢著名作家艾青夫人高瑛阿姨八十岁高龄耐心读完我的诗稿，并写下鼓励温暖的语言。感谢现代出版社资深编辑庞老师为本书出版付出的汗水。感谢首师大博导孙晓娅为我的诗集作序。感谢陆天明、虹云、张志忠、罗振亚、汪剑钊、田原、宋占臣、苏历铭、谭五昌、崔志刚、度姆洛妃、杨宝丰、周步、贾小军、张仲鲁、凯波、郭杰、王宏甲、于慈江、陈晓明、Alice、柳健伟、王晓佳、北塔、洪烛、贺红梅、周瑟瑟等前辈和老师的支持。感谢画家潘然为诗集封面及插图作画。感谢现代出版社所有编辑老师为本书出版付出的汗水！感谢所有亲人和朋友的陪伴与支持！

后记

199

扫二维码收听本篇

杜杜的这部诗集，就像万花筒，转起来，让我看见了丰富多彩的感情世界……读完这部诗集就像饮了一瓶醇香的酒，醉了。

——高瑛（诗人，著名作家艾青夫人）

在日常生活中，杜杜无疑是一位情感丰富、颇有精神内涵的女性，她把诗歌看成了自己的第二生命。不过，在写作中，她没有将丰富的情感予以复杂化、隐晦化，而是选择了朴素的语言、简洁的形式来表达那些沉淀在内心的诗思，形成了一种可称为"深入浅出"式的写作类型，显示了一些值得称道的艺术特点：有节制的抒情、如歌的节奏、出于自然的精致，以及摈除了晦涩之弊的哲思，等等。

——汪剑钊（诗人、翻译家、评论家）

读杜杜的诗，一下子会被她诗歌的美感所吸引。这种美的感染力很难用语言表达，既有中国古典诗词的意蕴延续，又有现代汉语的张力和创造。无论是有感而发还是触景生情，这些诗章都会在她丰富的想象力中呈现出图景，并把你带往至美的境地。

——田原（旅日诗人、翻译家）

在杜杜的诗中，朴素与优雅，日常与内心，寂寥与抒情，都有着百转千回的诗意落点。她的词语充满了情感的温度，为千疮百孔的现实，善意地缝上一枚枚爱的补丁。

——苏历铭（诗人、作家、投资银行家）

缤纷绚丽的想象、温婉纯净的语汇和微妙的心理戏剧遇合，生成了杜杜幽深柔美又饱含思想因子的诗歌空间，感人肺腑，更启人心智。

——罗振亚（南开大学文学院）

杜杜说：你看我一眼我就妖娆了。杜杜说：想你时花开万朵。杜杜说：世界悄悄爱着你。 这么美的诗句，为什么不读，为什么不想，为什么不看，为什么不爱呢？

——张志忠（首都师范大学教授、博士生导师、中国当代文学研究会理事）

杜杜的诗歌情真意切，往往由情感的引领带动丰富的艺术想象，总体风格优美而大气，展示了女诗人对诗歌美学传统的有效继承，给人以审美的感染与感动。

——谭五昌（北京师范大学中国当代新诗研究中心主任、国际汉语诗歌协会秘书长）

杜杜是属于看一眼即能呼吸到满目芬芳、缭绕着文华氤氲的女子，似不属于这个年代，她的诗亦然，只在风烟细雨的岁月里妖娆，而又能直接地捕捉到那透过平白的浓情与美丽。

——崔志刚（中央电视台新闻主播、诗人）

杜杜的诗，深情，清丽，真诚，割痛读者心肠。

——度母洛妃（诗人）

杜杜是我的学生，她不但是一位优秀的主持人，还是一位诗人。多年来，我们因为语言艺术结缘、因为相同的信念同行。"世界悄悄地爱着，它在爱你时愈合了每一道伤口"，这是追寻中国梦的过程中最温暖的底色。杜杜的诗集语言清纯、真挚、再融合自己深情的朗诵，让这本诗集有了更独特的魅力。我期待着读到她更多的优秀作品！

——虹云（中央电视台播音指导、著名朗诵艺术家）

杜杜于我应该说是个"陌生"的诗人。偏偏还是个女诗人。美丽的女诗人。但她的诗和某些女诗人不同的是多了质朴，少了矫情。多了真诚直率，少了把玩文体文字的虚浮苍白。情真并炽热。"我用所有的花瓣　书写着对生命的感怀""你在哪里　世界就在哪里悄悄地爱你""一想到你啊　这一辈子的事儿话就甜心就软"……而几乎在她每一首诗作里，你都可以经受到类似"怕你爱我……我有多怕　就有多爱"这样让你惊喜而又入心的冲击。谢谢你，"陌生"的杜杜，写下去，"半红半青的李子在我看的竹盘里"终会甜熟。况且她还"伴着一壶绿茶在有风的亭楼里"。

——陆天明（著名作家）

五官小巧清秀的杜杜，人或许是敛抑的，她的诗却绝对是活泼泼流淌着的。并不如何奔涌，却总是会在最合适的时点水花四溅——"……激潋／心一连就到了天边"。她的人看上去或许是小步来去、中规中矩的，她的诗却绝对是蓬松烂漫、花枝摇曳的——"写不完的诗啊／就在脚下的河里流／拉着你的手／哪里都自由"。让人多少有些讶异的是，这位有着甜美音色的女诗人兼朗读者在每天的庸常与琐细里不仅静悄悄地、执拗地与文字较劲，而且竟能较得风生水起、极其天然、极其接地气、极其有生活气息——"世界悄悄爱着……/一群鸟儿飞远又飞近/孩子们亲昵地叫妈妈/赶路的人安全抵达"。

——于慈江（诗人、译者、诗评人、资深审读审译专家）

杜杜的诗饱含着对生活的爱，她对事物的亲切之情自然清新，纯净清澈，诗心纯粹，真切感人，这就是诗本身。

——陈晓明（北京大学中文系主任）

心的世界——情洁/挚深/柔怀；灵的境域——脱缚/越空/驰翔。愿美的你美了世界，愿爱的你爱醉他心……

——Alice（《加拿大文物与艺术学报》社长）

杜杜的诗有"大气之美"，这是从个人的品行、智慧、追求、挚爱、善良等各方面孕育升华出的"思维层境"。她的诗歌语言简练易懂，意境回味无穷，蕴藏着能够深入读者内心的魅力。

——柳建伟（八一电影制片厂副厂长、著名作

家、矛盾文学奖获得者）

杜杜的诗既有小女人的情思、亦有大女人的情怀。无论何种题材，皆能让人产生共鸣，更在诗句词藻中感叹文字组合之精妙。静静品味，竟也沉浸其中不能自已。诗与句、句与词，充分体现了中国文字之美好！

——王小佳（北京电视台新闻主播）

杜杜的诗，能让我想起青年时的阳光，夏日里的河流。初见她时，我曾感觉，她的笑容里仿佛有一种旋律；听她主持节目，则感觉声音里好像有一幅图……这是真的吗？读了她的诗，我就知道了。

——王宏甲（国家一级作家、著名学者）

我喜欢开玩笑，杜杜是老杜加小杜，是希望她有更大的写作抱负，多读多学二杜，老杜不适合她，小杜可以是杜杜学习的榜样，尤其是杜牧那些纯抒情的文辞美艳的作品。因为这就是杜杜的风格。

——北塔（中国现代文学馆评论家、著名诗人、翻译家）

杜杜用诗歌表现生活的宁静，比表现其喧嚣要难得多。因为这种难得的宁静基本上是属于个人的、内心的、瞬间的。生活原本就不宁静或不可能彻底宁静，做一个诗人首先要学会体验或创造某种反常的生活，这多多少少能弥补广大读者对日常生活（世俗生活）的失望：原来生活不仅是物质的，也有其灵魂，而灵魂永远是宁静的！你发现并爱上了宁静，说明你也是有灵魂的。

——洪烛（中国文联出版社文学编辑室主任、著名诗人）

我特别喜欢诗歌，也经常读诗。在我眼里，诗人可能是文艺家里最神秘而高贵的一个群体。我既好奇又特别羡慕诗人：是什么让他（她）们如此成功的驾驭文字和音韵呢？我觉得应该是天赋和情怀，是才华和对生命通透的理解。在我的想象里，诗人脚下是有云彩的，她们会飞，飞的时候面带幸福的笑容。杜杜在我脑海里就是这样子的，还有她的诗。

——贺红梅（中央电视台新闻主播）

看到杜杜的诗集《世界悄悄爱你》让我心头一

紧，原来还有这样的事。是她说出了孤独人类的诗意存在。世界在悄悄爱着每个人，她以敏感的心悄悄爱着这个世界。诗与世界、她与诗之间构建了一条秘密的通道，爱的通道。

——周瑟瑟（中国诗人田野调查小组组长、《卡丘》诗刊主编）